Gracias abejas

**Para Alex
Te quiere
Mamá**

© 2018, Editorial Corimbo por la edición en español
Av. Pla del Vent 56, 08970 Sant Joan Despí (Barcelona)
corimbo@corimbo.es
www.corimbo.es

Traducción al español de María Ros
1ª edición septiembre 2018
Publicado por primera vez por Candlewick Press, Somerville, Massachussetts
Publicado bajo acuerdo con Walker Books Ltd, London SE11 5HJ
Copyright © 2017 Toni Yuly
Título original "Thank you bees"

Impreso en China

Depósito legal: B 9464-2018
ISBN: 978-84-8470-579-6

Gracias abejas

toni yuly

Corimbo

El sol nos da luz

Gracias, sol.

Las abejas nos dan miel.

Gracias, abejas.

La oveja nos da lana.

Gracias, oveja

Las nubes nos dan lluvia.

Gracias, nubes.

Los árboles
nos dan madera.

Gracias, árboles.

El campo nos da plantas.

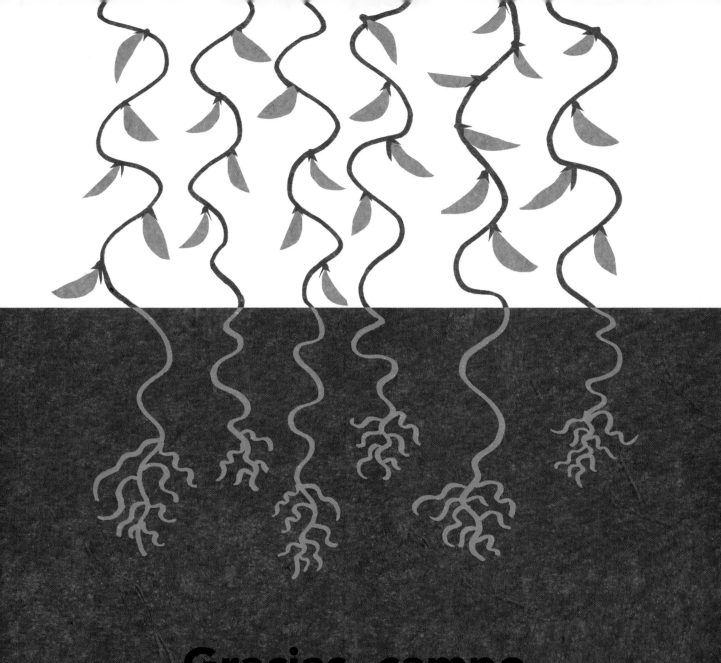

Gracias, campo.

La tierra nos da nuestro hogar.

Gracias, tierra.